怠けてるのではなく、充電中です。

昨日も今日も無気力なあなたのための
心の充電法

ダンシングスネイル・著

生田美保・訳

CCCメディアハウス

ひどい憂鬱と無気力に侵されていた人生の暗黒期には、大げさではなくて本当に、本を1行読むのですらしんどかった。だから、当時の私と同じ状況にある人が気軽に読めるコンテンツが作りたくて絵日記を書き始めた。稚拙ながらもそこに短い文章をつけたら、それになぐさめられたという人たちが出てきて、そんな人たちによって私もまたなぐさめられ、その内容をまとめて本を作ることになった。

　この本は、私の憂鬱と無気力がピークに達していた20代の半ばから後半にかけての3〜4年間の記録をあっさりしたトーンで編集しなおし、私の断片的な考えを記したものである。本を書いているあいだも私はまだ無気力を克服中で、大丈夫じゃない日は相変わらずやってきた。思考パターンを変えるために何年も努力してきたにもかかわらず、ときどき、心が地下30階までストーンと落ちていってしまうことがあった。

　そうやって自分の日常がバランスを崩しているときは、SNSに書き込まれた「なぐさめられる」、「ありがとう」といったコメントを見るとモヤモヤした。「無気力症にかかったけど今はある程度克服した」という話を連載するようになってから、変な責任感みたいなものを感じるようになってしまった。私を見て、自分も元

気になれると希望を持つ人もいると思うとなおさら、元気な姿しか見せてはいけないような気がして心が重かった。そんな風に責任感に圧迫感まで加わって、胸の奥深いところからだんだん焦げついていくような、よく知っている感情がたびたび顔を見せては、私にのしかかった。

　でも、そうやって繰り返し訪れる無気力感にもこの頃は変化が見えてきた。このあいだのそれは不思議なくらい短かった。かつてのように無気力な気分に押しつぶされてしまいたいときでも、少し経つと普通に戻ってしまった。たぶん、私の中で無気力が寄生できる場所がだんだん小さくなってきたせいだろう。無気力な気分は、すでに存在する無気力感を宿主として増殖する。だから、自分の中の無気力感が小さくなればなるほど、新しい無気力が寄生する場所も狭くなる。この本を書きあげる頃には、心のアカが剥がれ落ちていく手応えがあった。ゆっくりだが少しずつ、確実に。

　相変わらず孤軍奮闘している私が、誰かをなぐさめようなんていう大層な目標のもとにこの本を作ることができたのは、私自身がカウンセリングとコーチングのほか、ポッドキャストや本を通していろんな人からなぐさめられてきたので、必ずそのお返しをしようという気持ちがあったから。専門家が書いた本には及ばないが、専門家のカウンセリングを通して自分のやり方を身につけた私の話が、似たようなつらい状況にある誰かの助けになることを願っている。

　無気力はストレス状況に見舞われたときに現れる反応であって、病気ではない。だから、絶対に大丈夫になると信じることをいつも忘れないで。

CONTENTS

PART 03

今日も明日もずっと家にいたい

PART 01

なんで自分はこうなのか
自分でもわからない

私ものびのびと陰りのない人だったら

昔からあまり笑わない子どもだった。

鏡を見て笑う練習をし始めてから
私を好きになってくれる友達が
ぽつぽつとできたけど

明るい性格じゃないから

根っから明るい友達が
うらやましかった。

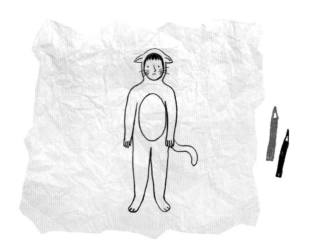

私ものびのびと陰りのない人になりたかった。

今でも心の中に
黒いアカがこびりついているように
感じる日がある。

それを見せてしまうと、みんなが私のそばを
離れてしまいそうで、ときどき本気でこわくなる。

心にこびりついたアカ

少し前まで、私は花や木を見てもその美しさがよくわからなかった。動物もそんなに好きじゃないので、犬や猫を見てかわいいとデレデレする人たちに共感もできなかった。そんなときは、冷たい人と思われないようにド・レ・ミ・ファ・「ソ」くらいのトーンに声を調整してから「わ〜、かわいい！」と、自分にできる最高のリアクションを取っていた。

いつからか自分がまわりとは少し違うことに気づき始めたが、私はもともとそういう人間なんだと思い、とりあえずその場をやり過ごせればそれでよかった。そうやって「笑顔」という保護色をまとって、せっせとみんなの中にまぎれこもうとしてきた。笑顔の後ろには必要以上の感情を隠せたし、笑顔でさえいれば、誰からも自分の欠陥を問われないで済むので楽だった。けれど、そうしているうちに適切な感情を感じる機能が少しずつ衰えてしまったのか、前よりもおかしくなった。みんなが深刻な状況なのにひとりだけ笑いだして変

な空気になったり、怒るべきときでも顔は笑っていたり。

　ネガティブな感情を不器用に表現してかえって傷ついたことがある人は、自分の感情をありのまま見せることに臆病になり、感じるよりも先に価値判断をするようになる。ネガティブな感情は悪いものだから隠して、ポジティブな感情はいいものだから出してもよい、と。そうやって流れ出るタイミングを逃した感情は、そのままそこに溜まって腐っていき、ポジティブな気持ちを感じる通路までふさいでしまう。

　心に黒くこびりついたアカをほかの人に見せるのは簡単なことではない。悪用されるかもしれないし、受け止める準備ができていない人には失礼になるかもしれない。

　もし、自分の屈折したところを自分から抱きしめてやれたら、むりやり笑顔を作らなくても、この世は美しいって言えるようになるのではないだろうか。

私の何を知っているっていうの？

1日に何回も他人について判断する。
LINEのプロフィール画像や、ステータスメッセージを見て

あなたのいない今日は
昨日のカスに過ぎない

ハナ

彼氏できたのかな…？

服装や表情を見て

一部を見て全部わかったつもりになる。

メイクしてない
だけなのに…

何かイヤなこと
あった？
顔色悪いよ～

だけど、誰かに判断されるのはイヤ。

私の何を知ってるっていうの？

一部がつねに
全体を代弁しているわけじゃない。

いったいどうしたいのよ

忙しいけどつまらない

いざ時間ができると
とくに出かけるところがない

いい天気

遊びたい

出かけたいけど家にいたい

家ばっかりじゃ
つまらない

約束ができる

家に帰りたい

私って不幸な運命なのかしら

昔々、ずっと憂鬱なウサギが住んでいました。

ずっと憂鬱だったウサギは、
ある日幸せが訪れると
なぜかとても不安になりました。

そうしてまた不幸な出来事が起こると
悲しいのに、どこか落ち着いた気持ちになりました。

ずっと憂鬱だったウサギは、不安な幸せよりも
安定した不幸のほうがいいと思って眠りにつきました。

不安な幸せより
安定した不幸のほうがいい

　　　　　　　　　偶然の不幸の前に「運命」というラベルを貼った瞬間、すべての物事が簡単になった。運命のせいにしてその後ろに隠れてしまえば、それ以上幸せを夢見る必要も、今の状況を改善しようと努力する理由もなくなるので、実に便利だった。悲観論の味をしめた私は、それまでに降りかかった不幸な事件をかき集めてきて、それらしい信条を作り上げた。

　「ほらね、こうなると思った。やっぱり私はこうやって生きていく運命なのよ」

　幸せが他人の服のようにぎこちなくてもそのまま素通り。喜びを味わうべき瞬間にも、これがいつ消えるのかにばかり神経を尖らせていた。不幸に対してだけはめいっぱい敏感に

なっているので、実際によくないことが起こりでもすれば、より強い感情反応とともに脳裏に深く刻みこまれた。こういう偏った感情の記憶が長い時間刷りこまれると、不幸に慣れてしまう間違った思考回路が定着する。すると、思いこみを持ちやすくなり、思いこみはそのまま事実にもなる。

　平凡な隣人の姿をした神様を通して人間世界の出来事を面白おかしく描いた映画『神様メール』には、「マーフィーの法則」※に関する面白い想像が登場する。神が世界を創造するときに、いくつか「普遍的な不快の法則」を作っておいたというのだ。たとえば、こういったもの。

　　法則第2125号　パンはジャムを塗った面が床に落ちる。
　　　　　　　　　　もしくはジャムを塗るべき面が逆。
　　法則第2129号　バスタブに身を沈めたとたん電話が鳴る。
　　法則第2218号　レジは隣の列のほうが必ず速く進む。
　　法則第2231号　イヤな出来事はいくつも同時に起きる。

　私たちは悲観主義を「選択」したと固く信じているが、こういうジンクスはたいてい事実でもないうえ、誰かが勝手に作ったものに過ぎない。悲観主義は、挫折したり傷つくことを恐れて弱くなった心が生みだす不安をエサにして育つ。し

かし、その心が自分に現状維持を選択させたとしても、自分を責める必要はない。立ち上がるには各自それぞれ時間が必要だから。

　子どもが転んだとき、まわりが大騒ぎして心配すると子どももはすぐに泣きだすけれど、大したことないと笑ってやると子どももつられて笑いだす。それと同じで、私たちが不幸な出来事に強く反応すればするほど、自分の中で観念化されやすくなる。その罠にはまって、ニセモノの思考に振りまわされないように気をつけよう。そして、ときどき訪れるまろやかな幸せの瞬間をもっとしっかり味わおう。

※洗車をすると雨が降るなど、理不尽な日常の「あるある」を法則としてうたったもの。アメリカ空軍のエンジニアだったエドワード・A・マーフィー・ジュニア(1918-1990)の名に由来。

05

人生に計画通りいくものなんてあるかね？

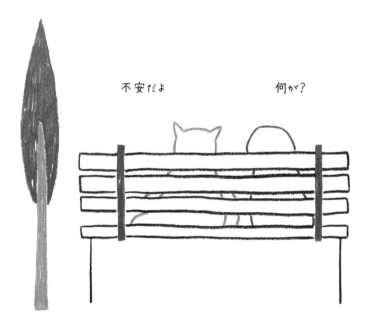

不安だよ　　　　何が？

計画通りにいかなかったら　　　人生に
　　どうしようって　　　　計画通りいくものなんて
　　　　　　　　　　　　あるかね

ときには答えがわからなくても

　　　　　　　　　　ものを食べるときの変な習慣がいくつかあ
る。プリングルズのようなポテトチップスの筒を開けると、
普通、上のほうは割れていなくてきれいだが、下のほうに行
くほど割れたり欠けたりしている。まずそれをトレーに全部
出して、割れているものといないものに分ける。それから、割
れていないものはもう一度そっと筒に戻し、割れているもの
を先に食べる。その後で丸いきれいなのを１枚ずつ取り出し
て食べるときの気分といったらもう。果物で一番好きなブド
ウを食べるときにもその儀式（？）をするのだが、房を軽く持
ち上げて落ちた実をお気に入りの皿に集め、それを先に食べ
てしまうと気持ちが落ち着く。もちろん、外で誰かと一緒に
食べるときはそういう行動ができないので、微妙に疲れが溜
まる。

　もうひとつの「こだわり」は、ケータイのバッテリーが
100％充電されていないと落ち着かないというもので、約束
の時間が過ぎているにもかかわらず、数字が100になるまで

出かけられないことがある（約束の時間を守ることには強いこだわりがないのがアイロニー）。97％や98％ではダメ。絶対に100％でなくてはならない。また、非常事態でもない限り、節電モードになるまで充電しないでいることもないので、「ごめん、バッテリーが３％しか残ってないから途中で切れるかも！」という人が理解できない。友よ、なぜに補助バッテリーの存在を忘れるのか。

　こんな性格は計画通りに事を処理しなければならないときにはプラスに働くが、知っての通り、人生においてだいたいのことは計画通りにいかない。特に人間関係において自分で１から10まで統制できない状況が生じると、実体のない不安に包まれて夜も眠れなくなってしまった。相手の感情と反応という変数にいくら完璧に備えたつもりでも、計画外のことが起こるものだから。だけど、自分の持つどんな性格であれ、それが連鎖的に別のことに悪い影響を与えないならば、ムリして変える必要はない。「こだわり」も生活に大きな差し

支えがなく、一種の安心感を与えてくれるものなら、そのままにしておいたって構わない。残念ながら、私の場合は仕事や人間関係に悪い影響が出る日が増え、調節のためにいくつか努力が必要だった。

　まずは普段の「こだわり」とは反対のことをしてみることにした。ものを食べるときは形の整っているものを先に食べた。最初は少し引っかかったが、形の悪いものを先に片づけなくても、形のいいものを食べるときの気分は悪くなかった。重要な仕事の連絡があるときを除いては、ケータイのバッテリーが節電モードになるまで放っておいた。それから、ケータイの通知を0.1秒以内に確認する癖も、かなり自分を疲れさせているようなので、しばらくはロック画面にも表示されないようにほとんどのアプリの通知機能を切って、外部の刺激への露出度を調節した。いざそうしてみると、バッテリーが３％でも不思議とひどく不安にはならなかった。大したことではないようだが、これは認知療法(「思考」を変化させることでつらい気持ちをコントロールしていくもので、現在ほとんどのメンタルヘルス系の疾患において最も効果的な非薬物治療として認められている)とも通ずるものである。それから、強迫観念のせいでほかの人より疲れやすいので、計画的な性格を逆手に取って、休憩時間をあらかじめスケジュールに組み込

んでおいたりもした。

　こんな風に日常生活で自分を縛りつけるものが減ると、ほかのところでも余裕が生まれ、自分と世の中に向ける視線が寛大になるのがわかった。小さな行動の変化が実際に思考と感情にまで影響を与えたのだ。

　世の中に変わらないものがあるとすれば、それは「変わらないものはないという事実」のみ。計画がひとつ狂ったからって残りの人生が丸つぶれになるわけではない。だから、ときには結果を恐れず、ちょっと試してみるのも悪くない。

06

宇宙迷子

眠りにつく前のシーンとした時間が
1日のうちで一番長い。

ベッドに横になって1日を振り返っていると

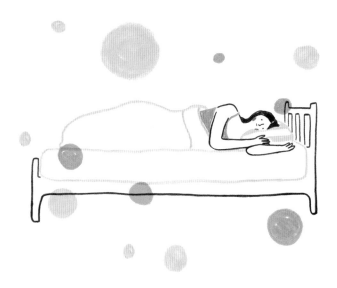

大したことない出来事から

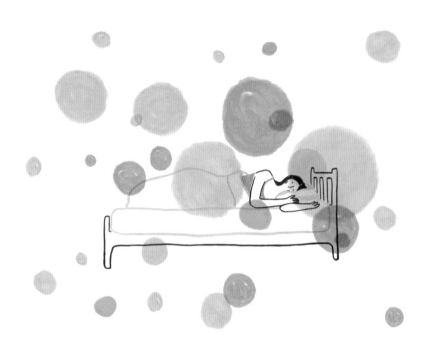

後悔と心配があふれ出て

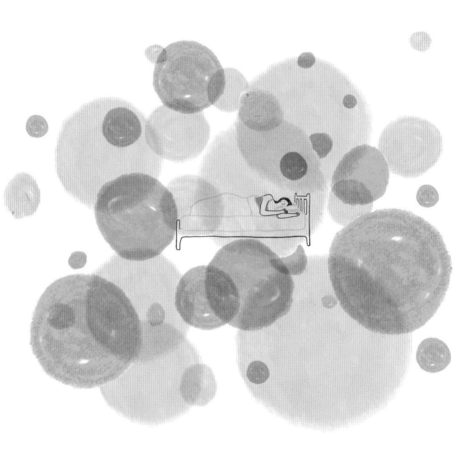

飲みこまれてしまう。

大人になれば
夜がこわくなくなると思っていたのに、

真っ暗な夜の中でひとり横になっていると、
ときどき宇宙で迷子になった気分になる。

生きていればそういうこともある

人生を面倒くさく生きる私ならではのノウハウ（？）をひとつ紹介しよう。私は初対面の人や気を遣う人と会って帰ってきたら、その状況を頭の中で何度もリピートして、会話の内容を最初からもう一度振り返る習慣がある。それから、完全に打ち解けていない人たちとＬＩＮＥで話した日にも、寝る前にその日のトークを最初から最後まで何度も読み返し、しくじったところはないかチェックして、気になった部分を復習する。「なんでああ言ったんだろう」、「あそこでこう言うべきだったのに」。こんな風にたくさんの後悔の種をむりやり見つけてきては、未来に対する心配につなげる応用力まで発揮する。今度また同じ失敗をしたらどうしよう……。

海外ドラマで英会話の勉強をするとき、登場人物のジェスチャー、表情、感情の動きまで真似してセリフを覚えるとより効果的だという。これになぞらえていうと、私は不幸な状況を記憶に残す学習法を自ら考案したようなものだ。過ぎ

去った場面と会話をそのときの感情とともに前頭葉にしっかりと保存するのだから、よりリアルに残るのは当然。そのうえ復習まで頑張るので、絶対に忘れることはない。学生時代にそうやって勉強していれば……。

イヤな記憶をずっと残しておきたくなければ、これと反対のことをしなくてはいけない。感情的になっているときは頭を空っぽにして休み、脳が理性を取り戻してから振り返るようにする。そうすれば、感情を上塗りして歪曲された記憶を保存したり、不安が過度な心配へと拡大するリスクを減らすことができる。

何よりも重要なのは、こんな考えすぎの自分だってちっともおかしくないということを知ること。人生をちょっと面倒にしているポイントがなんであれ、それでも構わないということが自分でわかりさえすれば、なんだって全然大したことなくなるから。

私だけひとり違って見えるのはイヤ

変な人

平凡な人

みんなログアウトしてもらえますか？

SNSの書きこみや

通りすがりの
不快な視線ひとつで

乾いた落ち葉のように
粉々になってしまう日がある。

心が縮こまってしまう
そんな日は

ひとりでいたいです。
みんなログアウトしてもらえますか。

完璧じゃないと愛されないの？

完璧主義のきらいがある人が
一番気をつけなくては
いけないこと、
それは

今の自分は
不完全だから

もっとよくならなくてはと

すでにそこにある価値まで
見失ってはいけない、ということ。

今日もただ存在できますように

いつだったか某心理研究所のセミナーを受けた後、内容を誤解していたのか、自分には習った通りにできそうもないと家に帰ってから落ちこんだことがある。布団の中でひとしきり泣いた後、講師の先生に助けを求めるメールを送った。これからほかにどんなセミナーを受けたら心が楽になれるかと聞いたら、こんな返事が返ってきた。

「自分は完璧じゃないからもっと改善しなくてはいけない、という心の存在に気づいてください。その心のままでは、どんな知識も自分を突き刺す武器になってしまうので」

その後しばらく、性格や心理的な問題を変化させるための努力をやめ、アドバイスやヒーリングのための文章も自分からは読まなかった。振り返ってみると、あの時間があったからこそ心の余裕を取り戻せたように思う。

完璧主義のきらいがある人には、つねに不完全さに目を向

け、もっとよくならなくてはと考える傾向がある。自分に対しても、他人に対しても。誤解してはならないのは、そういう完璧主義自体が問題だったり悪いわけではないということ。不完全さを自覚してもっとよくなろうとすることのどこが問題なのか。ただ、私たちは「完璧であること」と「価値があること」を区別しなくてはいけない。完璧な人だけが認められて愛されると信じこんでしまうと、完璧でないうちは人間としての権利を口にする資格すらないと思ってしまう。一番こわいのは、完璧でない自分の価値を自分で低く見積もり、不当な扱いを受けたときに、自分はそうされても仕方がないと感じるようになってしまうこと。だから間違っても、自分が完璧でないことと自分の価値とを結びつけて考えるのはよそう。完璧でないことと人間として享受する権利とはなんの関係もないのだから。

　これまでは、何か目標を持って前に進もうとするとき、内心、それを実現したときに人から認められたり関心を持たれることを期待している面があった。その気持ちはいけないものだったのだろうか。自尊感情が低い人間の行動だったのだろうか。ありのままの自分の価値を認めるには、もっとよくなろうという努力自体をしてはいけないのだろうか。そんなことはない。誰だって他人から認められたい、関心を持たれ

たいという気持ちを頑張るための動機にしていいし、それは
まったく悪いことではない。けれど、自分の努力と成し遂げ
たものが自分の存在価値を決める絶対的な要素だと思いこ
む罠にはまってはならない。そうなると、何かを達成しよう
と頑張るほど、かえって自信をなくす悪循環につながりかね
ない。

　完璧主義的な性格を短期間で変えるのは難しい。すでに完
璧主義の傾向があるのなら、「完璧じゃなくても、もっとよく
ならなくても、自分は充分に存在価値がある」という気持ち
の上に立って完璧を目指すのがよいと思う。そして、楽な気
持ちで今日もただ存在できますように。

10

頑張らなくても器用にできる人がうらやましい

特に頑張らなくても器用にできる人がうらやましい。

なんで食べないの？
おいしいよー

あ…私は
お腹いっぱいで…

たとえば、ダイエットなんて気にしなくてもいつも痩せてる人

わ…
足で撮ってたんだ
すごい！

テキトーにやっても
センスが光る人

うわ…目をつぶって
描いてるのに世界的名画

ただ才能がある人

私はいつも頑張って

ダイエット中

頑張って

SNS演出用
写真撮影中

頑張って生きてきたせいか

ダメ、
こうじゃない！

なんで私だけ
幸せになれないの

なんでも自然体で器用にこなせる人が
この世で一番うらやましい。

生まれ持っていない人

　　　　　　自分は生まれ持ったものが少ないと感じて
切なくなることがある。天才的な才能もなければ、生まれつき
の美人でもない。そのうえ、愛くるしい人懐っこい性格に生ま
れたわけでもない。どこへ行っても自分にないものとそれを
生まれ持った人たちにばかり目が行ってしまうので、何をし
ても満足できず、何ひとつうまくいかないような気分の繰り
返しだった。私の人生はつねに二流、三流のまま終わってしま
うような気がしてこわかった。私も何かひとつくらいは一番
になりたいのに……。まさか忘れてはいないだろうねとばか
りに、世の中は私がそういった特別なものを持たない人間で
あることを、ことあるごとに自覚させてくれた。そのたびに私
は深みにはまり、回復するのに長い時間を要した。

　しかし滑稽なことに、自分が持たないのを悲しむことはで
きても、それを素直に受け入れることはできなかった。いや、
本当のところは、受け入れたくなかった。自分に足りない点
を教えてくれる現実からも目をそらしたかった。私も生まれ

持った人たちのようにうまくやりたいという意地だけを胸に、長いあいだ空回りしてきた。そうして、少しずつだが自分のやることに満足できるようになってきたのは、充分に生まれ持っていないことを、それでも仕方がないことを、心の底から受け入れ始めた頃からだった。

　うまく転がる人生は、「自分の人生はつねにうまくいくべき」という考えを捨てるところから始まる。なぜなら、心の底から受け入れた後の努力は、苦労ではなく、自分を愛する過程になるから。もちろん、最初は不公平な世の中に怒りを覚える。おそらくその後もずっと腹は立つだろう。でも、この過程を繰り返していくと、ある瞬間、心の底から自分を受け入れ、悔しがることなく努力できる日がくる。「与えられたものの中でベストを尽くせ」という、あの聞き飽きた真理を受け入れ、ようやく次の段階に進めるようになるのだ。「楽していいものを手に入れたい」という心を捨てた人にだけ、自分が生まれ持ったもののよさが見えてくる。

　本当の自分として生きるということは、自分がなりたかった誰かのように生まれなかったことを、なんの疑問も持たずに受け入れるということ。器用じゃなくても、ちょっと遠回りの人生でも大丈夫。そこには、私の人生ならではの輝きがあるから。

自由気ままに生きたいけど
勇気が出ないとき

もう好きにやらせて
と思うときがある。

1個買うともう1個おまけのときに、1個だけ買う。

結構です。
1個だけください!

1+1

1個おまけ
ですけど…

目立ちすぎな気がして
あまりかぶらない帽子

他人の目を気にせずに
コーディネートする。

顔を洗わないで寝る。

私の

小

確

発

月♪

※小確発：小さいけど確かな挑発

小さいけど確かな挑発

　厳しい現実にヘトヘトになり明日にも期待できないとき、もう好き勝手に生きたくなる。でもなかなか勇気が出ないなら、小さいけど確かな挑発をしてみよう。トイレットペーパーをいつもよりちょっと長めに取るとか。些細な義務感を無視するだけでも日常から脱皮した気分になれるから。今すぐどこか遠くへ行けなくてもどかしいときは、旅行者のフリをして近所をまわってみるのもオススメ！　変だと思うかもしれないが、これが結構面白い。

Why not?

　人生には、やるべき理由も特にないが、やってはいけない理由があるわけでもないムダなことがほんの少し必要。それらは日々の生活をより多彩に、より楽しくしてくれる。他人の視線を少し意識しないようにするだけでも、日常的な行動からほんの少し外れてみるだけでも、はるかに面白い今日が送れるのでは？

ネガティブな感情がうずまくとき

位置エネルギーが
運動エネルギーに
変換されて

痛っ！

木からリンゴが
落ちるように

くそーっ！

自分を破壊しそうな
その何かだって

明日の自分のための
動力にすることができる。

とりゃ〜〜〜!!

ぐらぐら

※マネしないでください

たとえそれが
ネガティブな感情だって

ムカつく!!!

自分に必要なやり方で
変換させればOK。

ネガティブな感情を逆手に取る

　よくないことがいっぺんに押し寄せてくるようなときがある。しまいには、自分を苦しめているのがその状況なのか、自分自身なのかわからなくなる。そういうときは、よくない状況からくるネガティブな感情を問題解決のための原動力にしてみよう。ネガティブな感情がその都度解消されずに溜まっていくと、後々うつや無気力につながることもある。だから、ネガティブな感情が生まれる状況が発生したときは、その瞬間を逃さず活用しよう。

結局は同じ感情エネルギー

　ネガティブな感情を持ったからといって悪い人になるわけではない。考えてみれば、もともとポジティブだったエネルギーが挫折により苦痛や怒りに変化したのだから、かたちが違うだけで結局は同じ量の感情エネルギーなのだ。だから、その感情をひっくり返して活用できれば、イヤな感情が解消されるのはもちろん、理想とする方向へ進むための力になるかもしれない。

自分の人生だけ足踏み状態のような
気がするとき

うわ…あの頃は
ひどかったな…

1. 過去の自分と比較しましょう

動物虐待犯ならぬ
動物拡大犯

2. いいところだけ拡大解釈しましょう

自分でなでなで

いい子いい子

3. 自分を責めるより人のせいにしちゃおう

1. 過去の自分と比較しよう

　頑張っているのに人生があまり変わらないような気がしたら、過去の自分と比較してみよう。まずは目を閉じて、今までで一番どん底だったときを思い出してみる。それから、過去の自分を徹底的に他者化しよう。その人は今の自分とは完全に別の人！ その人と今の自分を比較してみて、爪のアカほどでもよくなったところはないか探してみよう。

2. いいところだけ拡大解釈しよう

　私たちはよくないことほど拡大解釈する傾向がある。しかも、心が折れているときは、よくできたことは縮小して、できなかったことだけ拡大解釈する可能性が200％。それは、思考は感情の影響を受けるので、心が疲れているときはネガティブになりやすいせい。だから、1.で見つけた自分のよい点を遠慮なく拡大解釈しよう。後悔したことや失敗したことばかり頭に浮かぶなら、それはさっき他者化した別の人のものだと考えて。

3. 自分を責めるより人のせいにしちゃおう

　人のせいにしないのが美徳だと教わってきたけれど、普段、よく自己検閲をして自分を責めやすい人は、ときには人のせいにしてみても大丈夫。つまらないことは人のせいにして、見たくないものは見ないようにしたら、少しは心が軽くなるはず。

PART 02

大人になりきれない私の
面倒くさい1日

11

大人とはなんぞや1

大人ってなんだ？

キムさん、
忙しくないときに
これちょっとお願いしていい？

これをやらなければ
忙しくないんですけど…

悲しくてつらい日も
職場でやるべきことを笑顔で済ませ

1日の終わりに自分のお金で
ビールを飲むこと。

むしゃくしゃした気持ちをジョッキに注いで
のどの奥に流しこみ

明日の心配は明日すればいいと
豪快に笑いとばし

そんな自分に満足すること。

これが大人ということか

Life 日々増える小じわと開いていく毛穴が身体的にはしっかり大人になったことをまざまざと思い知らせてくれるが、精神的にも大人になったと感じる瞬間は別にある。

- 朝までオールで遊べるチャンスがあっても、ほどほどに切り上げて早く布団に入りたいとき
- クレヨンしんちゃんやドゥーリー[1]の気持ちに共感するより、みさえやキルドンおじさん[2]が気の毒に思えるとき
- 雪が降っても、もうワクワクしないとき
- その日どんな気分であれ、ポーカーフェイスで黙々と1日を乗り切る自分を発見したとき

ひとつずつ年を取り、その数字に比例して人生が複雑になるほど、シンプルなものを好み、心の雑音はグラスに注いで飲み干すようになる。どんなことでもいちいち打ち明けていた友人にも、わざわざ自分の顔に泥を塗る結果になるような

気がして、もしくは、よくない出来事を回想するのにエネルギーを使いたくなくて、詳しい説明は省略するようになる。全部忘れてただもう寝てしまいたい。明日はまた明日のことをしなくてはいけないから。

　そんな自分の姿がどこか切なくも、「これが大人ということか！」と誇らしい気持ちがむくむくとわき起こることがある。実のところそれさえも、大人になったねと褒められたい子どもじみた欲求かもしれないが、まあ、だったら何さ。

　頑張って働いたコドモな大人は、ごほうびシールよりも素敵な「今日も1日頑張ったで賞」をもらう資格がある。もちろん賞品は、自分で稼いだお金で自分にご馳走するお酒！

1.『赤ちゃん恐竜ドゥーリー』という漫画の主人公。過去からタイムスリップしてきた恐竜の　赤ちゃんで、コさん一家のもとで暮らしている。わんぱく盛りで、いつも周囲を困らせる。
2. ドゥーリーが暮らす家のお父さん。いつもドゥーリーのやることに腹を立てて、怒って　ばかりいる。

12

大人とはなんぞや2

大人ってなんだ?

え? 今なんて?

そろそろ結婚すれば?
今産んでも高齢出産だよね?

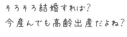

嫌いな人に
クソみたいなことを
言われたとき

あんたも同い年じゃん

ははは、冗談だよ〜
なにこわい顔して

どこがクソなのか
いちいち教えることに
エネルギーを使う代わりに

薄毛パウダー変えたんですか？
　フサフサに見えますよ〜

やだ私、余計なこと
言っちゃったかしら

空気が読めないフリして笑えるようになること。

YOU WIN

今日も心の中では泣いているけど

今日もみんな笑っている。

みんな本当に
大丈夫なんだろうか?

「大丈夫じゃないときは大丈夫じゃないって
言ってもいい停留所」があったらいいのに。

そこには「大丈夫じゃなくても大丈夫だよって
言ってくれる人」がいたらいいな。

ソーシャルスマイル

だいたいにおいてしゃべるのが面倒くさい。表情を作るのも面倒。だからひとりでいるときはほとんど表情に変化がないが、生きていくために人と話をしなければならないときは、状況にふさわしい表情を浮かべようと努力している。だから仕事をするときも、友達に会うときも、さらには家族と一緒にいるときでさえも「感情労働」が終わらない気分。

大人になると、みんなそれぞれ各自の問題で大変だということがわかってくるので、なぐさめてほしいときでも寄りかかる相手を見つけだせず、そのままひとりで抱えこむ。大丈夫じゃない日でも、そうやってずっとソーシャルスマイル（Social Smile）を浮かべていれば、心の中で泣いているのを隠せるから。

ほかの人はみんな楽しそうなのに、どうして私だけこんなにつらいんだろう。笑っている人たちも実は心の中では別の

表情をしているのではないだろうか。自分だけがつらいわけ
じゃないと知ったところで自分が元気になれるわけではな
いが、ときどき、ひとりじゃないと考えるとなぐさめになる。

　大丈夫じゃない日には大丈夫じゃないってお互いに打ち
明けられたらいいのに。「大丈夫じゃなくても、大丈夫だよ」。

14

正直なのが魅力ですって？

かつて、正直なのは美徳だとばかり思っていて、

本心をありのままに出さない人は
偽善者だと思っていた。

正直さが無礼になることがあることも知らずに。

ほんとハッキリ言うねぇ

それが私の魅力だもの

私たちは善意のウソと偽善を
ちゃんと区別しなくてはいけない。

くだらないムダ話が懐かしい

人生の楽しい話ばかりする人を見ると、見栄っ張りで好きになれないと思っていた時期があった。反対に、お互いの恥ずかしい話やつらい話を打ち明けられてこそ、本当の関係だと思っていた。だから、親密に感じる相手であるほど、つらい日常や心の奥の悩みが主な話のネタになった。私の中ではそれが「私はあなたをこんなにも親密に感じている」というメッセージだった。

けれど、しんどい１日を終え、誰かの深刻な悩み相談に乗ってあげていたある日、反対の立場になってみると、自分では親密さを伝えるものだと思っていた行為が相手にはストレスにもなり得ることに気づいた。そのうえ、似たような悩み相談が数日続くと、最初に抱いた同情心はあとかたもなく消えた。社会の波にもまれて１日分の苦痛の量が増えていくほど、誰かの１日の終わりに自分の苦痛をひとつ押しつけるのが果たして本当の友達なのだろうか、という疑問がわき始めた。いつもなら上辺だけのつまらないムダ話だと感じて

いた会話がだんだん恋しくなった。

　軽めの楽しいおしゃべりでも、ある人にとっては、それが心の扉を開いた姿であることもある。世の中にはいろんな人がいて、いろんなかたちのコミュニケーションがあるから。誰もがしんどい1日を送った後で、誰かに冗談を言って一緒に笑いたい気持ち。そんな気持ちの延長線上に「善意のウソ」もあるのではないだろうか。たまには善意のウソや冗談で、会話の中にも息をつく場所を作ってあげること。これは上辺だけで自分の意思を正確に表現できないのとは違う。大切な人への思いやりであり、洗練された現代人の表現技術でもある。

　人生のつらい面をひとつひとつ共有しなくても、冗談の奥にある本心が伝わる会話なら、それで充分に偽りのない関係なのだ。

15

今日も人の目ばかり気にしていました

コミュニケーションの不在は
人の目を気にするひとりぼっちの私を生みだす。

あ、こんにちは   ひさしぶり   元気?

作業は進んでる？

あー、うん

そうだ、
あの仕事
どうなった？

自分がどんな風にうつるか気になって

今度は私から何か尋ねる番だけど
何を聞けばいい？私、今、不自然に
見えてたらどうしよう…

会えて嬉しいな！

「関係」はあるのに「人」がいない。

自分だけでいっぱいの世界で

他人はうっすらとしか存在しないから。

本物のコミュニケーションの不在

　　　　　　　　他人の目を気にするわりに空気が読めない
タイプなので、人に接するのがしんどいことが多い。いつも
まわりの顔色をうかがっているのに「空気が読めない」と言
われるので、ちょっと悔しい。人の目を気にしがちな人は、そ
れだけ対人不安を抱えている可能性が高い。そうなると、そ
の不安を抑えるのに心理的なエネルギーを使うので、目の前
の相手や状況に関心を持ち、把握する機能はどうしても低下
してしまう。

　たとえば、会話をするとき。失敗したらどうしようという
緊張や、相手によいところだけを見せなくてはという無意識
的な強迫観念のため、うまく話そうとするほど、むしろどん
どん会話がしんどくなる。
　「みんなは今、私をどんな風に見ているんだろう。変だとか
バカだと思われたらどうしよう」
　頭の中がこんな不安でいっぱいなので、肝心の、会話をし
ている相手は目に入らない。それで脈絡に合わない変な話を
したり、どうやって会話を進めてよいかわからず、ぎこちな

い笑みばかり浮かべていることになる。相手に対して関心を持つ余裕がないので、言うべき言葉も思いつかないのだ。

こういう顔色うかがいは、相手ではなく自分自身にのみ焦点が当てられているので、相手に対して本当に必要な思いやりでもなければ、本物のコミュニケーションにもつながりにくい。だから、当然、関係もうまくいくわけがない。結局、ネガティブな予測や不安が現実になり、予感が当たったと感じるので、間違った考えばかり強まる。

「やっぱり私のせいでこの関係がうまくいかないんだ。ひとりのほうがマシ」

「相手」と「私」が共存してこそ関係が生まれるのに、ここには「私から見た相手」もいなければ「私から見た私」もいない。存在するのは「相手からどう見られるか心配している私」のみ。でもそれは、自分が無神経な人だからではなく、不安が強くて、自分自身の世話を焼くだけで精一杯の状態にあるだけのこと。

だから、会話をするときに緊張しやすい人は、必要以上に相手に合わせようとして、それでエネルギーを使い果たしてしまわないようにしよう。相手を思いやることと無条件に合わせることは違う。コミュニケーションのスタイルが違っても、心から相手を受け入れていれば、いつでも本当の気持ちは伝わるようにできている。

何が悲しくて泣きたいのさ

泣きたいのに涙も出なくて

ときどき、全部放り出したいけど
それも思うようにはいかなくて、

心の中で泣いている。

私、ホンモノの大人になったのかな。

いい加減、おバカは卒業したいです

過去におバカなことをしてしまったからといって
おバカな人になるわけではない。

それに、人は誰でも1回くらいは
おバカなことをする。

私たちは神じゃないから。

おバカなことをしたからって、
おバカな人になるわけじゃない

　　　　　　　何年か前、有名なポップシンガーの来韓公演のときのこと。予定時間を過ぎての到着や遅々として進まないリハーサルなどがいい加減な態度とうつり、ＳＮＳで大炎上した。期待が大きかった国内ファンは、公演終了後、アーティスト個人のＳＮＳに非難と抗議の書きこみをしまくった。もちろん、彼の行動にプロらしくないところがあったのは事実で、主催者側にも明らかに責任があった。しかしその様子を見ながら、この社会は有名人が謙虚でないことに対してとても不寛容だなぁとも思った。もちろん、権力を乱用したふるまいは非難されてしかるべきである。けれど、謙遜を美徳とする社会に生きているせいなのか、名声や権力を持った人が少しでも不親切だったり高慢な態度を見せると、過度に厳格なものさしを持ち出して検閲、批判をするところがある。

　そのアーティストがそんな行動を取ったのも、特別に人

格に問題があるからではなくて、もともと人というのはそんな風になりやすい生き物なのではないだろうか。私たちは置かれた状況や環境から影響を受けやすく、そもそも貧弱な道徳性しか持ち合わせていないのかもしれない。だから、なおさら警戒しなくてはいけない。調子に乗ってまわりが見えなくならないように。つらい状況でも自分の態度を合理化したり、自分自身を粗末に扱わないように。

　どうも成人したからってみんな大人になるわけではないらしい。相変わらず思慮に欠け、自分と他人を傷つけて、後悔と反省をしながらも同じ間違いを何度も犯し……。そうやって生きていくあいだ、実に様々なおバカな行動をする。でも、それは私たちが人間であることの証なのかもしれない。だから、後悔したときは、反省は過度な自己批判に発展する前にほどほどのところで切り上げ、前よりいい人間になろうと努力すれば充分。おバカでしょうもなかった過去の自分と現在の自分の価値を結びつけて考えるのはやめよう。

　過去は、逃れようとすればするほど追いかけてきて、つかまえようとするともう消えているもの。もしも過去に飲み込まれそうなときは、布団をいっぺん強く蹴っ飛ばして、目を閉じて過去の自分に会いに行ってみてはどうだろう。そこに

いるのは幼い子ども時代の自分かもしれないし、少年・少女
時代の自分かもしれないし、もしかしたらつい昨日の自分か
もしれない。

　向き合って、何も言わずに強く抱きしめてあげよう。この
過程を何度も繰り返すのだ。自分がダメな人間ではないこと
を心の底から認められるようになるまで。

18

独り立ちの夢

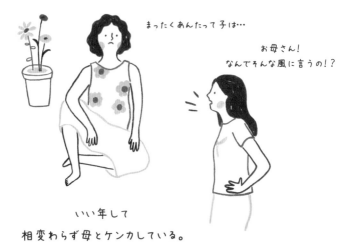

まったくあんたって子は…

お母さん！
なんでそんな風に言うの！？

いい年して
相変わらず母とケンカしている。

こんな家出てってやる…
とめないで…

そのたびに独り立ちを夢見るが

お金がない…

お母さんにやさしくしよう…

なんで断れないの

あなたが「よい子コンプレックス」を持っていたり

イモ子さん〜
お願いしてもいい？

はい、
私がやりますね！

サツマイモ子(23)／どんくさく、
断れない性格

ちょっと重いけど
大丈夫？

あ…
大丈夫です！

カタイカボチャ(25)／有無を言わせない性格

断れない性格ならば、この2つは絶対に覚えておくこと！

やめときゃ
よかった…

あー、しんど…

気が進まないことに過度な好意で応えないこと。

ダメです！
申し訳ないけどできません。

カボチャさん、
私もお願いが
あるんですけど…

あ…
まだ何も言ってないのに…

相手にも過度な好意を期待しないこと。

これだけでも関係の問題の8割は解決します。

あんなによくしてあげたのに…
なんで私に冷たくできるの…!!

20

今日もウ◯コを踏んじゃいました

生きていると、変な目に遭って悔しい思いをすることがある。

何か理由があってではなく、
それは、ただ起こる。

私が一生懸命生きてないからでも、
ちゃんと気をつけていないからでもない。

きゃっ!!!

119

「状況」は私がコントロールできる領域ではない。

自己肯定感泥棒にご注意を

　　　　　　　　　　　　　　今日もうっかりウ○コを踏んでしまった。社会生活をしていて、もうたいていの変な人には会い尽くしたと油断する頃に、新しい「ヤバい奴」が現れる。まったく世の中にはどれだけ多種多様なヤバい奴が存在するのかと感心してしまう。中でも特に「自己肯定感泥棒（マウントを取って相手をそれとなく気後れさせ、自己肯定感を損なわせる人をさす言葉）」に出会ったときは気をつけなくてはいけない。奴らは普段は息をひそめて隠れていて、心が弱っている人を見つけると本能的に接近してくる習性がある。

　かつて、つらいことがあるたびにいつもそばでなぐさめてくれる人がいた。ある日、久々に私にいいことがあった。するとその人は突然私の頑張りを過小評価し、「あんたにはもったいなさすぎる出来事」というニュアンスを匂わせた。そう。その人はそれまで、不幸な私と自分の現在を比較して、相対

的な優越感によって自分の存在を確認してきたのだ。

　一方、つらいときだけ頼ってくるタイプの自己肯定感泥棒もいる。もちろん、つらいときに自分を頼ってくれる人がいるというのはありがたいことだ。それだけ私が信頼できる人間だということだから。けれど、何事も「ほどほど」が重要というもの。時と場所に関係なくダラダラと愚痴をたれ、吸血鬼のようにこちらの元気をチューチュー吸い取っては挨拶もなしに消えていく人がいたら、適当なところで「ストップ！」と叫ばなくてはいけない。他人の「感情のごみ箱」をやり続けていると、お互いにだんだんそれを当然に思うようになり、感謝したり恐縮すべき適正ラインを見失う可能性もある。そうやって当然でないことを当然のように続けていると、自己肯定感にまで影響を及ぼすおそれがある。

　しかし、いくら気をつけて暮らしていても、うっかりウ○コを踏むようによくない状況に巻き込まれることがある。そんなときは、状況と自分のあいだに因果関係を見出すような運命論的な思考にはまらないように気をつけよう。「どうしてよりによって私だけこんな目に遭うの？」、「今月の星占いはよくなかったけど、やっぱり……」、「こんなことになるのは全部自分のせい」などと考えてはいけない。自分がどれだ

け善良に生きてきたかとは関係なく、ただフツーに起こる事件もある。だから、どんな状況にぶち当たっても、私たちはそれに傷ついて落ちこまなくてよい権利がある。

　こんなときは原因を探したり状況を変えようとするより、自分で対処できる行動を取るのがよい。まず、誰かに自尊心を傷つけられそうになったら、スポンジではなく反射板になろう。相手の言葉や行動をスポンジのように吸収せずに、反射板になってそのままはね返すのだ。目には目を、歯には歯をと仕返しするのではなく、ただ、度を越したということを相手にわからせるだけでよい。それが難しければ、無対応を貫いて距離をおくのもアリ。対応するだけの充分なエネルギーがないときに自らを葛藤の中に置くことは、自分を傷つける行為になりかねないから。

　重要なのは、過去に相手がかけてくれた好意と現在自分が受けているストレスとは別のものだと分けて考えなくてはいけないということ。誰かが私に好意をかけたり犠牲を払ったからといって、私を傷つける権利はないのだから。本当に私を大切に思ってくれている人なら、私が自分自身を嫌いになるようなことはしないはず。

21

人間関係にも賞味期限ってありますか

きみと遊ぶのが
一番好き〜

私も〜！

自分のせいじゃない理由で

アボカドってさぁ〜
コソコソ…

誰かとの関係がこじれてしまって傷ついたとき

あ、ごめん、またあとで…

タマゴちゃん、遊ぼ…

こんな風に考えるとむしろ楽

この関係は賞味期限が来てしまったのだと。

まあ、とにかく自分の心が優先だから

　　　　　　　　　　ひとりでいたいのにひとりになりたくなくて、あるいは関係がこじれる原因を提供する側になるのがイヤで、いつも無意識のうちにまわりにものすごく気を遣って暮らしている。あるときなど、特に大事とも思っていなかった人との小さなトラブルひとつで1日が台無しになってしまったり。そんなときは、自分がいかに関係依存的な人間であるかが痛いほどわかる。

　これまでは、友達とは「すべてを共有して理解できる存在」だと思いこんできたため、つねに少数の仲良しだけを友達の範疇におさめ、彼らに過度に依存してきた。しかし、なぜだかわからない理由で、予想もしていなかった瞬間に、関係がこじれることがある。ある日突然、グループから疎外されているような気がしたり、親しくしていた人になぜか距離感を感じるとき。理由がわからないので無力になる。こちらから関係の修復を図ろうにもムダなプライドが邪魔して、ただそのままにしてしまう。

　「どうしようもないことはどうしようもない」と考えるのが
よいときもある。でも、「どうしようもなかった」とクールにふ
るまおうとしても思い通りにいかないのが平凡な私たちの人
生。だから、ある関係の賞味期限が尽きたときに宇宙の塵に
ならないための、奥の手を用意しておかなくてはならない。

　仕事の話を共有できる友達、家族の問題や恋愛の悩みを打
ち明けられる友達、つらいときに頼りたい友達、嬉しいことが
あったときに誰よりも一緒に喜んでくれる友達など。領域ご
とにそれぞれ最も心地よいと感じる相手がいる。だから、つら
いときに依存できるところをいくつも作っておいて、1人に
だけ寄りかかり過ぎないこと。それは必ずしも人でなくても
よい。犬の散歩をしたり、プールで泳いだり、おいしいチキン
を食べたり、楽器を習ったりするのでもいいかもしれない。

　人間関係に正解はないが、それでも固く信じていることの
ひとつは、つねに自分の心が楽なのが一番ということ。何は
ともあれ自分の心が優先だから。

22

今から始めるにはもう遅すぎる

今試していることが
どんな結果につながるかは誰にもわからない。

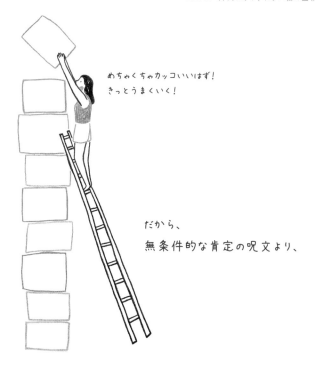

めちゃくちゃカッコいいはず！
きっとうまくいく！

だから、

無条件的な肯定の呪文より、

どんな結果でも受け入れるオープンマインドが必要。

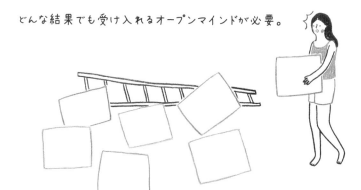

残念な結果になるかもしれないことを知りつつ
希望を持つというのが本当の勇気だから。

思った通りにいかない
こともあるってわかってる

明日もう一度
やってみよう！

心の中で限界を決めない

　　　　　　　　　　「今から始めてももう遅いのでは？　やってみて、うまくいかなかったらどうしよう」

　心をかき乱す言葉がモクモクと浮かんでくるとき、ありきたりな答えを聞きたくなる。「大丈夫。何かを始めるのに遅すぎるなんてことはない」、「やってみもしないで諦めるの？」、「全部うまくいくよ」などなど。

　子どもの頃はなんだって夢見ることができたのに、今や、世の中にはベストを尽くしても叶わないことがあるという事実を知る臆病者になりさがり、夢の品定めをするのに忙しい。だから、頑張った後の結果がこわいときは、たいていふたつのうちどちらかの態度を取る。「私は全然期待していないからダメでも構わない」とあらかじめ希望をしまいこんでしまうか、「絶対にうまくいく！」という肯定の呪文を唱えるか。どちらの態度も予想と違う結果に傷つかないようにするための合理化の一面である。おそらくその奥にある本音は「う

まくやりたいけど、がっかりな結果にならないかとても不安」ではないだろうか。

　おそらく私たちは答えを知っている。今から始めるにはもう遅すぎるということも、頑張ってもダメかもしれないということも。しかし、しかしだ。ちょっと遅かったらなんなのだ、ちょっと間違った選択だったらなんなのだ。私たちが望んでいるのは、絶対的な正解でも、ありふれたなぐさめの言葉でもないかもしれない。本当に必要なのは、どんな結果になってもまぁどうにか生きていける、という自信だ。

　心というものはもともと思い通りにできるものではないが、不安を克服するためには、逆説的に、不安をそのまま放っておかなくてはならない。がっかりしないように守りの姿勢で何かをやるのと、不安な気持ちを認めて挑戦するのとでは、質的に完全に異なる結果をもたらす。前者は、不安から目をそらすのに莫大な心理的エネルギーを消費するので、自分の力を最大値まで発揮できるわけがない。

　私たちは学校で基準と枠組みに合わせる練習はたっぷりしてきたが、砕け散ってもまた立ち上がる方法を習う機会はあまりなかった。どんどん変化する世の中でまっすぐ突っ

張ってばかりいたら、いつかそのままポッキリ折れてしまう
かもしれない。もしかしたら、砕けやすくても、その砕けたか
けらを拾い集めてすぐに立ち上がれる人が最後まで生き残
れる人なのではないだろうか。

　未知の世界にあるのは不安だけではない。わくわく、好奇
心、興味といったものは予測可能なところからは絶対に得ら
れない。不安を胸に自らを人生という海に放りこんだ人だけ
が波を楽しむことができる。

　恐れるべきは世の中ではなく、最初から限界を決めてしま
う自分自身かもしれない。

23

自然の摂理

年を取るのと太るのって
なんでこんなに簡単なんだろう

友よ!

それは自然の摂理に逆らわない行為だからさ!

通帳の残高にため息が出るとき

この残高って実話かしら

家計簿整理中

どうせ貧乏なら明るい貧乏になることにした。

マカロン
なんでこんなに高いの

こんなに頑張って働いているんだから
マカロンの1個くらい食べる資格あるよね!

自分のための小さな消費をすることに罪悪感を持たずに

その瞬間だけは
存分に楽しもうと

ふぅ、しんどいなぁ

締め切り前

しんどいときこそポジティブに
なんていう陳腐な話ではなくて

終わったら
何食べようかな

おいしいものを想像すると
気分がよくなる人

私たちには、少しでも気持ちが楽になるほうを
選ぶ権利があるってこと。

どうせ貧乏なら明るい貧乏になろう

　通帳の残高を見るたびになぜか目から汗（決して涙ではない。あくまで汗！）が出るなら、考え方を変えてみよう。頑張って貯めてもどうせ貧乏なら、明るい貧乏になってやれ！　私はいつも「ムリして明るくなろうとしてはいけない」と強調する人間だが、その明るさが精神力で勝ち取ったものではなく、本当にふっきれたところからくるのであれば、それがよいに決まっている。私たちはいつだって自分の欲するほうを選ぶ権利があるのだから。

自分だけの基準を持とう

　ずっと迷っていた旅行、習いたかった趣味、今じゃないとできなそうなことに果敢に価値ある消費をしよう。自分の基準に合うように使う／貯める練習をしているうちに、相変わらず「すっからかん」でも不安はむしろ減っていくはず。そうしたら自然と心が楽になって、自分が置かれている状況のよい面も見えてくるかもしれない。お金はただ持っているときは紙切れにすぎないが、自分のために意味あるところに使ったとき、花となって戻ってくるのだから！

宇宙全体から
嫌われているような気がするとき

嫌われる勇気を出したからって
嫌われることが平気になるわけじゃない。

誰かに嫌われているかもしれない
　　　　　という感覚は
とてもつらいものだから。

全員から好かれることは不可能だし
自分も全員を好きになることはできないってわかっていても

なんの役にも
立たないことがある。

そんなときは考えるのをやめて

わきあいあい

確実に自分を愛してくれている人に会いましょう。

自分に合った対処法を見つけよう

　心というものの属性は明確でも固定的でもないので、自分の心ですら正確にわからない。だから、他人の気持ちにアタリをつけても、それはあくまでも自分だけの想像に過ぎない。にもかかわらず不安が頭をもたげるときは、絶対に自分の味方についてくれて、安心できる人たちと時間を過ごそう。もしくは、1人でいるのが有効な人もいるだろう。いろいろ試してみて、自分に合った対処法を見つけよう。重要なのは、その都度相手の態度の意味を考えるのではなく、「相手は私のことが好きで、私を尊重してくれる状態」がデフォルトだと信じること。

本当に嫌われる勇気とは？

　この世に嫌われることが平気な人は1人もいない。自分が相手に心を開いた分だけ相手からもそうしてほしいと思うのが自然だから。だから、嫌われることにクールでいられなくても心配しないで。本当に嫌われる勇気とは、ムリして平気なフリをすることではなく、自分を好きな人も嫌いな人も同時に存在するという事実をそのまま受け入れること。

通勤ラッシュ中に
魂が家出したとき

目を閉じて音楽に集中する。

ここはクラブだと思って

心の中で踊る。

音楽は国が許した
唯一の麻薬だから

ここに存在するのは
ビートと私、そしてつり革のみ！

次は終点、森の駅にとまります
右側のドアが開きます…

終点で、なんてことない顔をして降りる。

想像するのはタダ！

　どんなに満員の電車でも楽しく生き残る自分ならではの方法を見つけた。それはずばり「観察」と「想像」。中年のおばさんたちのスモールトーク（見知らぬ人とのぎこちない空気を和らげるための当たり障りのない雑談）をこっそり盗み聞きしたり（たいていは声が大きいので厳密には盗み聞きというのもなんだが）、遠い将来、有名になってインタビューを受ける想像をして、そのときにしゃべることを今から考えておいたりする。楽しい想像は、いつ、どこでも、目さえ閉じればタダでできるから、なんてお手軽！

自分だけの「お楽しみ」

　何ひとつスムーズにいかない毎日、絶対に楽しいはずがない状況の中でも、レモンをぎゅっと搾るように楽しみを搾り出してみよう！　冷たい都市で過ごした長い１日の終わりに、疲れた心に爽やかな潤いを与える、自分だけの「お楽しみ」ってなんだろう？

PART 03

今日も明日も
ずっと家にいたい

24

何もかもが面倒くさいときがある

なんにも面白くない。

おいしいものを食べても

面白い映画を見ても。

SNSの中の私は本当に楽しそうだけど

実際はとてもむなしい。

長い長い無気力症

実際よりおいしそうに見える料理の写真のように、現実の自分よりはるかに幸せそうなＳＮＳの中の私を見て、むなしさに押しつぶされそうになる日がある。何をしても面白くなく、何もかもが面倒で無意味に思えるそんな日。気づいたらそんな日が増えていて、のしかかる無気力感がどうにかこうにか生きていた私の日々を蝕んでいた。その長く、恐ろしい無気力の沼を抜けて、わかった。どれだけ疲れきっていたのか。

現代人にとって、若干の憂鬱や無気力感は風邪のようなものだという。フツーの大人になるのでさえ大変で、食べていくのに精一杯の、無気力になりやすい社会を生きているから。ただ状況のせいだと、重く考えずにやり過ごしてしまいがち。そのうえ、無気力症はうつ病のように目に見えて社会的機能が低下したり、深刻な問題行動を見せることは多くないので、単純に「意志薄弱」や「努力不足」と片づけられてしまうこともある。もちろん、人によってはある程度時間が経て

ば、風邪と同じで自然に回復することもあるが、無気力な自分を長いあいだ放置しておくと、それが実際に自分の一部になってしまうこともある。一番こわいのは、そんな自分に自ら烙印を押してしまうことだ。「私はもともと怠けもの、もとから意志の弱い人間なんだ」と。

　この世にもともとそんな人はいない。みんなそれぞれの事情や理由がある。そして、その理由を一番よく理解して元気づけてやれるのは、自分自身だけだ。

25

うつ克服方法の矛盾

憂鬱で運動する元気がない。

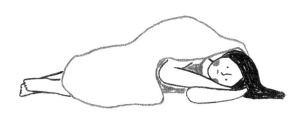

憂鬱で本を読む気力がない。

憂鬱で外に出る元気がない。

ダメ…
私にはムリ……

克服できるだろうか？

　　　　　　　　以前、右手をケガして２週間ほどギプスを
していたことがある。最初は不便でどうしようとものすごく
心配したが、半日もすると不便なのに慣れてしまった。その
間に痛みが消えたわけでもないのに。体を壊すたびに、私た
ちが苦痛に慣れるのがいかに早いかに驚かされる。治った後
はまた、痛かった感覚を忘れるのもいかに早いことか。私た
ちは置かれた状況と環境にすぐに適応して慣れてしまう。

　体の痛みがそうであるように、心の痛みにもすぐに慣れて
しまうので、傷ついた心がずっと続くと、もともと自分がどん
な心で暮らしてきたのかさえ忘れてしまう。痛みがある状
態がデフォルトになってしまうのだ。憂鬱を克服するには基
本的な生活ルーチンを守ることが重要と頭ではわかってい
ても、実際に憂鬱を抱えているあいだは、それが決して簡単
なことではない。憂鬱だから規則的な日常パターンを維持す
るのが難しいのに、症状をただ克服することが治療法だなん
て。こんなアイロニーのせいでかえって、自分の意志で克服

できなかったと自分を責めてしまうことが多い。

　感情と思考は身体^{からだ}とつながっているので、憂鬱が実際に身体にも影響を与える。だから、憂鬱や無気力感を長く患うと、簡単そうに見えることでもなかなか実践できなくなる。私たちは体の調子が悪ければ病院に行って専門家に助けてもらうことをこれっぽちも疑問に思わないのに、心の調子が悪いときは意志や精神力で乗り越えなくてはならないと誤解している。心の調子が悪いときも誰かに助けを求めよう。まわりの助けを最大限に借りて、憂鬱の原因になっている現実的な問題をひとつずつ解決していくことが重要だ。

　最初は壮大な漠然とした目標より、具体的で簡単な、確実に実践可能なものがよい。「1週間に1回、1ページだけ本を読む」、「1週間に3回、5分ずつ散歩をする」といったような。

　小さくても、何度も達成感を積み重ねていくことで自分への信頼を取り戻すことができる。1回では難しくても、自分のペースを維持すること。そして、夜、布団に入ったら、愛する自分のためにベストを尽くした自分自身を必ず褒めてやること。

26

LINEの友達リストをながめまわす夜

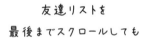

友達リストを
最後までスクロールしても

つらい話を打ち明けられる
人はいないし

かといって、
SNSにアップするのも

みじめでみっともない。

「今日大変だったんだね」
ただその一言が聞きたい夜。

一緒にいるときでもひとりの気分

外で人に会って

家に帰ると

どうしてこんな風に
急に寂しくなるのか

どうして気分が落ちこむのかわからない。

家に帰ると疲れきって

もうなんにも
しゃべりたくない。

今日もキャンセル

孤独に打ちのめされていればいるほど、なおさら人に会うことができなかった。誰かと会って、笑っておしゃべりしてきた帰り道に前より寂しくなるのもイヤだったし、誰かと一緒にいるのにひとりだけ宙に浮いているような気分にも耐えられなかった。だから、そうやってどんどん孤独になっていった。しょっちゅう約束をキャンセルして、殻にこもってしまった。私にとっては、絶対的な孤独より相対的な孤独のほうがはるかにこわいものだった。

すべての時間を私と共有できる人はいない。クレジットカードの支払いを別のカードのキャッシングであてがうように次から次へと別の人で孤独を埋めようとすると、むしろ孤独がどんどん膨れ上がることになる。にもかかわらず、私たちは絶えず一緒に過ごす誰かを望み、探している。一緒にいたいからではなく、ひとりではいられないから。

けれど、孤独は誰かがそばにいたからって消えるものでは

ない。人に頼らなくても済むようになった頃にようやく本当の意味で誰かと一緒にいられるようになり、孤独にも少し耐えられるようになる。

　それまでは、孤独と向き合って自分と楽しく遊ぶ方法を身につけるほかない。

28

こんな風に生きていて大丈夫かな

しょっちゅう不安に感じながらも

なんにもしないでいる。

こんな風に生きていても大丈夫かな。

本当に大丈夫かな。

何もしたくない

　　　　　　　　　　　体は何もせずにいながら、やるべきことを
先延ばししている罪悪感と消えることのない不安に悩まさ
れることがある。何かの原因で生まれた不安感が時間が経つ
ほどにどっしりと根をおろし、原因が消えた後もずっと不安
な状態に自分を追いこむようになる。これぞ不安中毒だ。不
安中毒やそれに伴う無気力は、たいてい完璧主義のきらいが
ある人に現れやすい。完璧にやろうとするとそれだけエネル
ギーを消費するため、休むときはしっかり休むべきにもかか
わらず、不安に思いながら休んでいるので当然ながら不安感
は続く。うまくやりたいと思うからこそ出てきた不安なの
に、逆に何もできなくなるという矛盾。

　そんなときにやりがちな行動のひとつで、絶対によくない
のは、「頑張ってキラキラ生きている人たちの様子をＳＮＳ
でわざわざ見ること」。そうしていると、不安にネガティブな
考えが加わり、連鎖的に引っ張り出された思考が部屋のドア
を突き破って山を越え谷を越え、太平洋のどこかを漂流する

ことになる。

　「人生1回目で私はこんなに危なっかしいのに、みんなど
うやってあんなに上手に生きているんだろう」
　「みんなは頑張って生きているのに……。私も頑張って生
きたいけど、やる気が出ない」

　そんなとき、不安中毒から抜け出すためには、うまくいく
かどうかは別として、とにかくやるべきことを始めるのが唯
一の解決策だが、もしそれもとうていムリというなら、少し散
歩に出て頭を空にするのもよい。不安なときに出てくる考え
はたいていネガティブなものである確率が高いので、ここは
思い切り、思考を中断して一息つける別のことでもしよう。

29

ちょっと時間が必要なとき

まだ光合成に行かないの？
今何時だと思ってるの！

私のことを愛しているからだってわかっています。

真下でちゃんと雨に当たらなきゃ！
大事な雨がもったいないでしょ！

私がうまくいくことを願っているからだってわかっています。

だけどたまには目をつぶって知らんぷりしてください。
ただ待っててもらえませんか。

私は

ほかの人より

ちょっと

時間が必要みたいなんです。

コントロールできない状況に疲れたとき

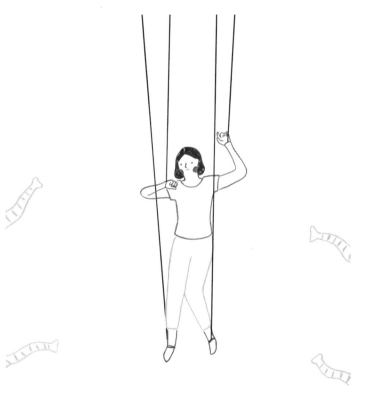

コントロールできない状況がつらいとき

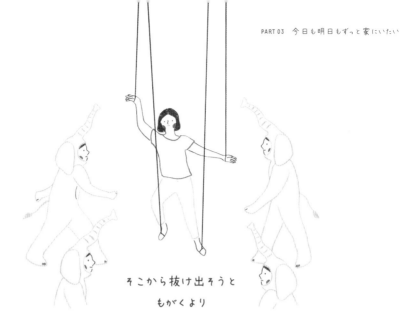

そこから抜け出そうと

もがくより

今自分にできることに
目を向けたほうがいい。

そうやって、現実を前に倒れこまないで
現実によりかかって生きていく方法を身につければいい。

一拍おいてまた楽しく

　　　　　　　　コントロールできない状況のせいで無気力感が訪れたときは、何事もより刺激的なものを求めるようになる。映画を見るにしてもスリラーやパニック映画を選び、辛い食べ物にカプサイシンソースをかけてもっと辛くして食べたり、お酒を飲んだりする。リラックスできる人と過ごすより、自分を苦しめる人のことを考える。そんなときは何事にも集中するのが難しく、好きな音楽を聞いたり、じっと本を読む時間といった日常の穏やかな喜びが目に見えて減る。だから、無気力が去って心が晴れだす頃には、単純にシャワーを浴びる程度の身体感覚さえも不自然に感じるときがある。

　無気力感に長く浸かっていると体と心が疲弊して、日常生活を営む程度の刺激でも疲労とストレスが増加する。そうなると、感情や感覚を受け取るのに使えるエネルギーが減るので、喜びや幸せの感覚も鈍くなる。そういうときは、刺激的な映画や食べ物を求めるのと同じで、心を乱す事柄により意識

を向けやすい。心理的苦痛のような痛みでないと感覚を感じている気がしなくなるので、悲しいことに、自分で自分の心をより痛めつけてしまう。私たちを苦しめるシチュエーションは、たいていネガティブであったり刺激が強いものだ。だから、無気力であるほど、原因となるその状況そのものにばかり意識が行ってしまう。皮肉なのは、そこから抜け出そうとする努力さえもがネガティブなエネルギーを再生産するかたちになり、もがけばもがくほどより無気力になる悪循環に陥るということ。

『象のことは考えるな』の著者である言語学者のジョージ・レイコフは、大学の認知科学概論の講義で、学生に「象について考えないこと」という課題を出した。しかし、その課題に成功した学生は1人もいなかったという。私たちの脳は、ある単語を聞くと、自動的にそれに相応するフレームを活性化させる。その単語を否定するフレームであってもだ。

子どもたちにある行動をやめさせたければ、一方的に我慢させるより、ほかの面白そうなことに関心を向けさせるほうがはるかに効果的だ。大人もさほど変わらない。やることがあってインターネット検索を始めたのに、意識の流れるままにあれこれ面白そうなものをクリックしていたら、もともと

やろうとしていたことをすっかり忘れていた、ということが
ないだろうか。これを一度逆利用してみよう。自分でコント
ロールできない状況のせいで苦しいときは、その状況から抜
け出すことばかり考えずに、今現在自分にできて、やりたい
と思う楽しいことにエネルギーをまわしてみるのだ。

　こうやってポジティブな経験を通して鈍くなった感覚を
まず目覚めさせれば、心のエネルギーレベルを徐々にアップ
させることができ、その力で問題状況を解決していけるよう
になる。象がしきりに頭に浮かんで苦しいなら、一拍おいて、
象と楽しく遊ぶ方法を探してみてはどうだろう。

185

31

人に会うととにかくエネルギー消耗

行くぜ〜！

ゲラゲラゲラ

行くぜ〜！

活発な友達→ハイテンションに合わせて大笑いする
　　　　→エネルギー消耗

ねね、これ知ってる？
なんちゃらかんちゃら…！@#$…

…うん…

おとなしい友達→静かな雰囲気に耐えられず
いつもより大げさにふるまう→エネルギー消耗

―ここってニンジンがおいしい店なんだって
―ほんとだ、おいしい
―ニンジンジュースも飲んでみる？
―超おいしい、感動！
―なんちゃらかんちゃら…！@#$%

1対1で会う→自分が話す順番がずっとまわってくるので
いっぱいしゃべる→エネルギー消耗

あのな、昨日
オレが女王バチと…

うんうん

複数で会う→どのタイミングで話に入ればよいか
迷い続ける→エネルギー消耗

うちの執事がさぁ～

そ、それ
私のジュースなんですけど…

ちょっと気を遣う人に会う→失礼がないか
無意識のうちに自己検閲→エネルギー消耗

どん…より……

気の置けない友達に会う→
個人的で極めて憂鬱な会話をする→エネルギー消耗

32

おうちゲージ満タンです

ウチ族は
いったん家を出た瞬間から

おうちゲージが減り始め

※おうちゲージとは？
家にいる時間をどれだけ確保できているかを示す数値で、外で活動した
分だけ家で休息を取ると回復し、それができないと急激に枯渇する。

体内の辛いものの濃度や

甘いものの濃度が
下がったときにも
似たような現象が起こる。

おうちゲージが
下がってきたら

それに応じた分だけ
家で充電が必要。

195

正真正銘のウチ族は
部屋から一歩も出ずに
雑多な考えごとをするだけで充実した1日を過ごせる。

布団の外は危険

　　　　　　　　　　　　一時期、1人遊びの達人だった頃がある。1
人でカフェに行くのはもちろん、1人で映画も見て、1人で
お酒も飲んで、1人で買い物もし、1人でご飯も食べ、仕事ま
でも1人でした。そういう生活をする中で唯一困ったのは、
たとえば焼肉のような「2人前から注文可」のメニューを出
すレストランに1人で行く勇気まではない、ということだけ
だった。

　だからといって、その時期の私に対人関係の欲求がなかっ
たわけでもない。そうやって1日を終えて帰宅すると、SN
Sの中で三々五々集まって楽しそうにしている写真を見て
は落ち込んだ。私は人間世界に馴染めない、どこか問題のあ
る人なのかも、と。

　実際、人に会って何かすると、楽しさよりも精神的な消耗
のほうが大きいような気がした。本当に気の置けない友達と
いるときですらも、その場を楽しむというより、何か頑張ら

なくてはいけない感じだった。だから「やっぱり1人が楽」と、誰かに呼ばれるまでは出かけもせず、こちらから連絡して約束を作ることもせずに、たいていのことを1人でしていた。電話も避けてメールやメッセンジャーで済ませていたので、ある晩ふと「あ、今日、人と口をきいてないな」と気づくこともあった。こういうとなんとなく痛々しい姿を想像されそうだが、私にはこんな生活が別に変わったことでもなく、かなり満足していた。

　ウチ族は主に家でくつろいでいるときに心のエネルギーが充電され、反対にソト族は外での活動を通してエネルギーを得る。だから、個人のタイプによって休息の概念も異なる。ウチ族が心理的に枯渇しているときは、友達との約束も息抜きではなくひとつの「処理すべき仕事」になる。もちろん、遊ぶのがイヤなわけではないが、他人の前で社会化されたモードの自分を出すのには少なくないエネルギーが要るので。

　「そうやって家にばかりいてつまんなくない?」
　「せっかくの週末なのに、1日中家で何してるの?」
　こんな質問をされると、ウチ族は面食らってしまう。哀れな人間どもよ、家から出ずして1日をいかに多彩に楽しく過ごせるか、本当に知らないというのか!

　タイプが異なることを広い心で理解してもらえればそれに越したことはないが、仮に誰も自分を理解してくれなかったとしても、自分が変なわけではないので、心配しないこと。自分の心をケアするために、自分に一番楽なやり方でエネルギーを充電すればよい。自分が最も自然体でいられるとき、自分自身も、自分が大切に思う相手も大事にすることができる。今の状態を正直に打ち明けたなら、本当に味方の人はそのときがくるまでちゃんと待ってくれるはず。

努力がメシを食わしてくれるか？

あ、ブドウだ！

充分に頑張った、ということを認める瞬間が一番つらい。

どんなに努力しても届かない

これで届くだろう

限界があるということを
受け入れなければならない現実は

うう、なんで届かないの

やーめた…
諦めちゃえば楽

それ以上の努力も挑戦も不可能にしてしまう。

けれど、ある日振り返ってみると、
その努力は消えることなくそっくり残っていて、

次の段階に進む力になることもある。

諦めてしまえば楽

これ以上頑張れそうもないのに、現実と理想のギャップは相変わらず大きく、とことん無気力になって、体と心が文字通り一時停止状態になってしまう日がある。人が消耗するのは、物理的にきついときではなく、頑張ってもムダだと感じるときだ。頑張るのをやめればつらいことも起こらないし、自分の限界に直面しなくてもよいから。

過労が続いて体のあちこちに異常をきたし、あの病院、この病院とかかるたびに同じことを言われる。

「神経性のものだから、ストレスを受けないようにして、ゆっくり休んでください」

休めるならそもそもなんで病院になんてくるのさ！と心の中でうだうだ言っていると、医者は私の心を見透かしたように一言つけ加える。

「歩いていて足が痛くなったらどうしますか？」
「休みます」

「ですよね。休んでから、また歩きますよね。もちろん、少し楽な靴に履き替えて歩き続けることもできます。でも、足にはずっとムリがかかっています。で、結局なんのためにそこまでするんでしょうか」

　瞬間、頭が真っ白になった。結局どれも幸せに生きるためなのに、私はどうしてこんなになるまでやっていたのだろう。主客転倒もいいところだ。ここでストップしたら自分に負ける、世の中に負けると思って心と体を酷使してきたのだろうか。

　この社会は、自分の限界を克服することを大変な美徳としている。でも、限界というのは必ず克服しなくてはいけないのだろうか。だとしたら、克服するってなんだろう。目に見えるそれらしい結果が出ること？　何度挫折しても果敢にまた挑戦すること？　ならば、限界まで来てボロボロになってしまったときには一休みできるのも美徳ではないだろうか。挫折感の扱い方を身につけること。それは、人生において重要な価値のうちのひとつかもしれない。

　報われなかったたくさんの努力はただ消えるわけではない。いつか必ず別のかたちになって自分を助けてくれる。だから、すでに充分に努力したならば、今度はちょっと力を抜いて、ペースダウンしてみてはどうだろう。

来てもいない未来が心配で
眠れないとき

将来が心配で眠れない。

眠れないから朝も起きられない。

だるいので、今日やるべきことを明日に延ばす。

将来がもっと不安になる。

無限ループ。

セルフカウンセリングをしてみよう

特に眠れない夜には、どうして眠れないのか考えてみるだけでも楽になることがある。カウンセラーになったつもりで自分に寄り添い、心の声を聞き出してみよう。

問題を客観化しよう

今、自分はなんのせいで苦しいのか、どんな悩みを持っているのか、文章に書き起こして客観化してみよう。未来が不安なのは、それだけうまくやりたい気持ちがあるという意味でもある。だから、不安そのものを心配しすぎたり、なくそうとするより、ひとまず不安の存在を認めて、自分で理解してやること。

深夜に注意しよう

深夜には思考が感情に引きずられやすいので、不安があまりに非現実的な心配へと発展する前に、ほどほどのところで断ち切ることが重要。

自信喪失しているとき

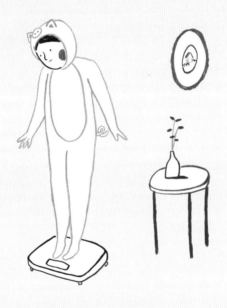

わが家の体重計は床の具合によって
微妙に数字が変わるので

いつもあちこち動かしてから乗る。

いつもより重いときは

まずはびっくりした心を落ち着かせて

少しでも
軽くはかれる場所を探し

一番軽い数字を見て安心したら降りる。

こんな自分の姿を見てふと思った

自分のいいところだけ見ようとするなんて
私ってなんてポジティブ。

心の筋肉を鍛えよう

　憂鬱がひどいときは楽しい瞬間があっても記憶からこぼれやすい。まるでわざと憂鬱になろうと決めたかのように、ネガティブな方向に記憶を編集しがちだからだ。新しい思考回路が脳に上書きされ、これまでの思考の癖から脱するには一定の時間が必要。心は筋肉と同じで、一方に偏った思考回路を変化させるには、毎日トレーニングして鍛えてやらなくてはいけないということを覚えておこう。

小さなことを褒めよう

　気分が沈んで自信をなくしかけたら、小さなことで自分を褒めてみよう。頼んでもいない比較と心配を装ったお節介があふれる毎日の中では、ちょっと気を緩めただけでもネガティブな自己イメージを持ちやすい。だから普段から、どんな状況でも自分で褒められるところを見つける練習をしておこう。

記憶を選択しよう

　つねにいいことばかり起こるように人生をコントロールすることは不可能だが、自分に起こった出来事からいいものを選んで記憶することはできる。よかったことをより頻繁に、よりたくさん記憶していこう。

考えが後から後からわいてきて
苦しいとき

今何か心を苦しめる、気になることがあるなら

それよりもっと
気になることを作ろう。

記憶は消すのではなく、

塗りかえることしかできないから。

乱れた心を逆手に取ろう

　傷ついた心を癒すのはたいてい時間だ。とはいえ、時間が流れるのをただ待っているのはつらいから、痛みを忘れるあいだ、そこに新しい記憶を上塗りする裏技を使おう。気になることがあるときは、それよりもっと気になることを作ってエネルギーを分散させるのだ。バカげた方法に見えるが、ひとつの考えにとらわれやすい人には結構効果がある。乱れた心を逆手に取って生産的な方向に転換できるなら、なかなか悪くない昇華では？

自分だけのテクニックを持とう

　心が乱れてひとつのことに集中できないときは、部屋の掃除や机の片づけをしたり、ヲタ活をするのも手！　瞑想やそれらしい趣味のように模範的なものである必要はない。心の整理に役立つ自分だけのちょっとしたテクニックを持とう。

PART 04

やりたくないのは
極めて正常です

忙しいのが終わるといつも空虚

教科書も読んで
予習もしておかなきゃ

高校生

今寝て夢を
見るか、勉強して
夢を叶えるか

試験が終わると…

何もしない。

英語の勉強もして
展示も見て
旅行もしなくちゃ

大学生

課題が終わると…

何もしない。

社会人 ←

運動もして、英語の勉強もして
ギターも習わなくちゃ

このプロジェクトさえ終わったら…

何もしない。

冥界の使者

このノルマさえこなしたら…

デッドラインの魔法

最近、人生の真理に気づいた。それは、どんなに前もって仕事を進めておいても、締め切りの前日には500％の確率で徹夜をすることになるという事実。デッドラインに引きずられて体内時計がまわる生活。しかし、たとえしばらくのあいだ廃人のようになっても、心の隅には「私はこんなに頑張って生きている！」というよくわからない安心感がある。締め切り前のナチュラルハイのときは腹の底から正体不明の自信がわいてくる。読みたい本、見たい映画、やりたいことが山積みで、ただならぬ意欲に燃えているので、その勢いに乗って今後の計画まで立てたりする（そんな暇があったら先に仕事を終わらせろ）。そうして、嵐のような忙しさが過ぎ去ると、毎回決まって空虚感に襲われる。退屈だが、何か有益で実用的なことをする気にはなれず、かといって、ダラダラするのもどこか不安で落ち着かない気分。それで、しばらくのあいだはただ不安なまま何もしないでいる。時間が手に入らないときはあれほど望んでいたのに、いざ時間ができると、いつもむざむざと放り出してしまう。なぜいつも手に入

らないものを渇望するのか。こうしていつも何かが終わるのを待って暮らしながら、結局何もできないまま終わってしまうのではないかとこわくなるときがある。

　人生の課題を前にしたとき、「クリアしよう」、「やっつけよう」という意気込みだけで臨むと、どんなに熱心にやっても、自分の人生を完全に活かすことは難しくなる。主体的に何かをするのではなく物事に引きずられるかたちになるため、一段落すると、その見返りを求める心理から、とりあえずダラダラでもしよう、となる。

　もちろん、すべてのことに「自分のこと」という意識で取り組むのは難しいが、その隙間に目をやれば、完全に自分のものにできる時間も必ず見つけられる。少なくともその時間だけは、終えることばかり考えないで過程の中を生きてみよう。これが終わればどうせ次のことがまたやってくるのだから、私たちには何かが終わるのを待ちながら合間合間にあらかじめ楽しいことを挟みこむ要領も必要だ。そんな時間が積み重なって心が丈夫になれば、ある日再び空虚感に襲われても、前ほどぐらぐらしないで立っていられるだろう。

これが間違った選択だったらどうしよう

真剣

少しでもよい選択のために

おめかしブラウス
¥2,480

女神ワンピース
¥4,670

1から10まで
細かく チェック するけど

あとのことは誰にも
予測できないので

宅配便でーす

「ベストな選択」なんてものは存在しない。

・・・

なんか違う…
服よ、お前に罪はない。
すべては私のせい。

ただ「選択」があり、
その選択を愛するかどうか、
私に選択権があるのはそれだけ。

どちらを選択しても
得た分だけ失うものもあるから
何を選択しても後悔は残る。

どちらにしようかな
てんのかみさまのいうとおり
あべべのべ
てっぽううってばん、ばん、ばん

ときには、単純に気の向くままに
選択しよう。

231

ベストな選択なんてない

　　　　　　　　　　　　年を重ねても決して簡単にならないのが
「選択」。選択が難しい理由は、たいていの場合、答えを知って
いるから。どちらを選択すべきか知っていながらも、それに
伴うリスクを取りたくないという気持ちが私たちをためら
わせる。しかし、もともと選択というものは、どちらを選ん
でもベストにはなり得ない。なぜって。その選択の結果に対
する心構えも自分で選択するものだから。「よりよい選択」も
「間違った選択」もそもそも存在しないのだ。自分にとって何
が本当にベストなのかは結局自分が一番よく知っている。だ
から、どんな選択をしたとしても、そうせざるを得ないそれ
なりの理由があるということ。

　私たちに本当に必要なのは「ベストな選択」ではなく「い
つでも別の選択ができる自由」ではないだろうか。シュレー
ディンガーの猫のように、誰だって同時にふたつ以上の状態
で存在することはできないのだし。選ばなかったほうの道を
つねに渇望しながら生きていくか、それとも、すでに選んだ

ものの中に喜びを見出す人生を生きるか、選択しなくてはいけない。ときには、あんまり考えすぎずに気の向くままに選択してから、その選択を自分で愛してやるのが一番かもしれない。

36

どうしてもポジティブに考えなきゃダメ？

...

ポジティブな気持ちで暮らすのが
しんどいときがある。

心が穴の底に
まっさかさまに落ちていく、
そんな時期。

そんなときは、
ムリにポジティブに考えなくてもいい。

それでも大丈夫。

235

どうしてもポジティブに考えるのが
難しいとき

　　　　　　「ポジティブに考えよう！」

　私はこういう前向きな姿勢を強要する言葉が好きではない。すでに疲れきって今の状況を耐え抜くパワーがない人には、たとえ善意のアドバイスであっても暴力的に聞こえることがあるから。「どうしてポジティブに考えないの？」、「もっと頑張ってごらんよ」。こんな言葉は「私はどうしてポジティブに考えられないんだろう」という落ちこぼれ感を抱かせる。

　ポジティブに生きるのが難しいと感じるときは、ムリにポジティブに考えなくてもいい。すでに持っている考えを完全に捨てて、いきなりポジティブに切り替えようとするのではなく、今現在の、自分の理想に反する状況を「そういうこともあるよね」と受け入れる程度で充分。何事も隠そうとすれば余計に目につくもの。ポジティブな人になろうと自分の中に存在するネガティブな考えを無視すればするほど、心はむし

ろその存在を証明してみせようとするはず。だから、こう考えたほうがいい。

　「私にはネガティブな考えが存在する。でも、違う考え方だってできる」

37

私が私で本当にイヤ

性格を変える最も簡単でいい方法。

これまでの自分を消しも否定もしない状態で
新しいことに心を開くこと。

新しい自分になるために

　いつもどこかなんとなく暗い自分の性格が大嫌いで、性格を変える方法を探してさまよい続けてきた。あるとき、短期間で生まれ変われる方法を紹介した1冊の本に出会ってからは、毎朝鏡の前で、明るく元気いっぱいの性格に変わるための呪文を声に出して唱えたりもした（必ず声に出して唱えることと書いてあった）。

　「私は毎日毎日よくなっている！」
　「私は毎日毎日新しい自分になっている！」

　毎日一生懸命唱えても何も変わらなかった。目に見える変化がないようなので、それはやめて、また別の方法を試した。けれど、そうやって頭でたくさんの理論を知れば知るほど、現実とのギャップに混乱するばかりだった。

　「私は毎日毎日新しい自分になっている！」
　ぱっと見ポジティブに見えるこの文章の裏側には、実は

「今の自分は嫌いだから完全に変わらなくては」という心が隠れている。その罠にはまり、間違ったやり方の努力→虚脱感というサイクルを繰り返しているうちに、危険な考えに支配されてしまった。

　「私はどうやっても絶対に変われないんだ」

　たくさんの心理学の本と心理学者、精神科医が、生まれ持った性格は変わらないと言っている。けれど、だからといって、自分が持って生まれた遺伝子と環境に挫折する必要はない。性格を変えるというのは「視野を広げていく」ことに近いのだから。すなわち、AからBに変わるのではなく、Aである自分の中に小さなa、b、c……が追加されていくイメージだ。性格を変えるというとどこから手をつけてよいかわからないが、「新しい視点を追加する」と考えればハードルが下がるのではないだろうか。たとえば、これまでリンゴしか食べてこなかった人であれば、オレンジも一度食べてみるというように。そして、オレンジが口に合わなければ、また別のものを試してみればいい。重要なのは、今の自分を消し去ろうとしたり否定してはならないということ。そうやって、ありのままの自分に、何かもっと必要な面があればつけ足していけばいい。それにはある程度絶対的な時間も必要だ。体に染みついた習慣を短期間で変えるのは難しいように、人の

思考回路もすぐには変わらないので。これまでの時間が作り出した現在の自分とこれからの新しい自分が、マラソン選手のように前になったり後ろになったりしながら前進していく姿を想像しよう。

　これまで私が自分を変えようとしてやってきた努力は、実存する自分を完全に否定して、ニセモノのイメージを演じようと力んでいるようなものだった。だから毎回すぐに疲れて投げ出したくなったのも当然なのだ。今でも完全に自分のことが気に入っているわけではないが、非現実的な楽観主義に走ったり、無条件的な肯定を唱えることはもうしない。代わりに「今の自分でも構わないが、別のことをしてみるのもよし」程度に、自分自身と折り合いをつけながら生きていこうと思っている。

　新しい自分になるために必要なのは、もっと一生懸命生きることでも、もっと頑張ることでもなく、些細だが新しいことを試してみる勇気だ。

38

わぁ、半分も空いてる！

「満」より「空」が必要な瞬間（とき）がある。

空けることが必要な瞬間<ruby>空<rt>とき</rt></ruby>

　　　　　　　　　　まだ半分も残っている／もう半分しか残っていない。

　今あるものに満足する心のあり方について話すときに出てくるたとえの定番。私たちは、半分の水でも幸せに思えるようにならなくてはいけないと習った。そうやって心が豊かな人になれと半ば強制されてきた。

　しかし、この話にはひとつ落とし穴がある。半分の水でも満足すべしという言葉は、「満たす」ことによってのみ満足感が得られるという前提に立っている。どうして水が「満杯」の状態のみをよしとするのか。「空」の状態をよしとしてはいけないのか。そもそも、満杯の状態がよいという大前提のもとで、どうやって、50％の空きをこの目で見てもなお適当に満足しろというのか。

　逆の観点から見てみよう。もし空のコップが必要な人ならこう言うだろう。

「わあ、半分も空いてる！」もしくは「げっ、半分しか空いてない」。

　この場合、「空いていること」をよしとするので、空のコップが必要な人にとっては、水が残っているという事実は嬉しくない。では、コップに花をさしたかった人にとってはどうだろう。おそらく水の量が完璧なコップになるだろう。

　ここで重要なのは、よい面を見つけることができるか、できないかではない。それ以前に、「よい状態」というのを「満杯」か「空」かのどちらかで定義してはいけないということだ。満足できない状況の中でもとにかくよいところに気づける人になれというのではなく、「よい」の基準がいろいろあっていい世の中にしていかなくてはならない。自分の置かれた状況や考え方によって満足のかたちは様々。この世に一人として同じ人はいないのに、幸せの基準がみんな同じわけがない。

　だから、コップに水が半分も残っていることを喜べという

のは、肯定的なとらえ方について、ひとつの答えを決めつけてしまうものともいえる。つねに満たすことでのみ満足のいく状態に近づけると。

　ときには、「満たすこと」より「空けること」が必要な瞬間<ruby>瞬<rt>とき</rt></ruby>がある。

39

どんなに頑張ってもゴールが見えてこない

あなたは蓮の花

　蓮は花が完全に開くまでに時間がかかる。

　もし完全に開ききるまでに100日かかるとすれば、90％程度開くのに50日くらいかかり、残りの10％が開くのにさらに50日くらいかかる。

　ゴールが見えないとき。

　ずっと頑張っているのに変化がない気がするとき。

　蓮の花を思い出して。

　はたから見れば止まっているように見えるときでも、残りの10％を咲かせるためにひとりで戦っているあなた。見えなくても、絶えず咲こうとしているあなたは蓮の花。

もう全部諦めてしまいたい

いつだって、私があれほど
願っていたものは

それにしがみつくのをやめたら
やってきた。

しがみつくのをやめるのは
諦めることではない。

それを追い求めて
ベストを尽くすものの

あとは人生に
ゆだねればいい。

あるべきかたちにおさまるように。

諦めることと
執着しないことの違い

　　　　　　　学校生活は甘くはなく、専攻も自分に合わ
ないように思えて、休学して契約社員として働いていたとき
のこと。お金もないし、友達もいないし、家族ともうまくい
かないしで、何もかもがめちゃくちゃだと感じて、仕事が終
わると部屋にひきこもって寝てばかりいた。そんなある日、
道端でアンケートに協力してくれと近寄ってくる怪しい宗
教の人に出会った。彼女にコーヒーをご馳走になって夢中で
話を聞いていると、私の人生のこじれた部分を直してくれる
というので、彼らのアジト（？）についていって祈りの儀式を
捧げるところまでいきそうになった。幸い、後で気づいて手
を切ったが、「いったい誰があんなのに騙されるんだろう」と
思っていた、まさにそういうものに騙されそうになった理由
は、おそらく当時、人生を投げ出してもなんの未練もないほ
ど絶望的な状態だったからだろう。

　夢見ていた理想の人生からひとつ、ふたつズレ始めると、ほ
かのこともすべて意味がないように思えてきて、挫折感がさ

らなる挫折感を生み、すべて諦めてしまいたくなった。古の賢者たちは執着を捨ててこそ望むものを手に入れられると言ったが、執着を捨てるというのはいったいどういうことなのか。

漫画家のイ・ヒョンセは著書『人生とは自分を信じて進むもの』(未邦訳)でこう語っている。

『諦めが手を引くことだとすれば、運命として受け入れるというのは、また別の道を作って前に進んでいくことだ。(中略)なんの行動もせずに受動的にいつも白けた態度を取って運命を嘆くのと、淡々と運命を受け入れるのとでは全く姿勢が異なる。「こんな運命なのに私に何ができる。なるようにしかならない」というのが前者で、「こういう運命だから自分でどうにもできないことは素直に受け入れ、何ができるか考えてみよう」というのであれば、それこそ運命を克服する生き方だろう。』

「執着を捨てれば向こうからやってくる」というのは、スピリチュアルな話や魔法の呪文の類ではない。それは、今すぐ変えるのが難しいことにはしばししがみつくのをやめて、今できることに集中しようという意味だ。誰でも、面白いことや楽しいことをしているときは時間が速く過ぎるのを経験したことがあるだろう。まずは自分にできることに集中して

過ごしてみれば小さな達成感が得られるはずであり、そうしているうちに時間があっという間に流れて、不幸に感じる時期をうまく乗り切ることができる。自分を取り巻く世界がどこか間違っていると思うなら、自分がそれを見つめる視点を変えてみるほうが早い。そうやって積み重ねた小さなポジティブは連鎖作用を引き起こす性質があるので、過去に諦めてしまった何かにもいつかきっと近づけるはず。

　すべてを計画通りに進めることの反対語は、「諦め」ではなく、「執着を捨てて流れに任せること」。

生きる張り合いがないとき

今感じている倦怠の向こう側には

生を激しく熱望する自分がいるのかもしれない。

倦怠の反証

人生を楽に生きたいと口癖のように言っていたのに、実際に何かが叶って生活が一段階ずつ楽になると、激しい無気力感と倦怠に悩まされた。願っていたその何かが生活の手段ではなく目的になってしまっていたせいだろうか。目標をひとつ叶えるたびに、生きる理由もひとつずつ消えていった。そして、新しい目標を見つけるまで方向を見失ってさまようというパターンを繰り返すうちに、過程を楽しむことがどんどん下手になった。

人は極限の状況に置かれたり死を前にしたときには絶対に倦怠を感じることができないという話を聞いたことがある。だからだろうか。倦怠は暇人の贅沢として片づけられがちなように思う。けれど倦怠は、忙しい生活の中でも一瞬のスキをついて侵入してくる。そんなときは、そのうちよくなるよと無条件的に肯定するはげましの言葉はなんの役にも立たない。もちろん、すべての人に意味がないわけではないが、私の場合は、水面上にあがってきた感情を一時的になぐさめるに過ぎなかった。

　しかしそのうち、この倦怠の向こうに何かがあるのではないかと考えるようになった。昼間明るいときは懐中電灯でいくら照らしてもちっとも変わらない。光は暗いところでこそ明るく見え、明るい光を見たことがある人だけが闇が暗いということを知っている。絶対的に明るい／暗いということはないのだ。それと同じで、絶対的な倦怠というのもないと信じている。もしも、人生がつねにだるいという人は、それに完全に漬かってしまっているせいで、倦怠を感じることすら難しいのかもしれない。倦怠を感じたり毎日がつまらないと思うのは、少なくとも一度は深く人生に没頭したことがあったり、生き生きと暮らしたいという欲求があることの反証だろう。

　私たちの感情や思考の向こう側にはたいてい欲求の原型がある。生活が少しずつ楽になるたびにあんなにも倦怠に包まれた理由は、おそらく、楽なだけでは満足できない、自分の中に残っている情熱のためかもしれない。今のこの倦怠の向こう側にある何かを見つけたら、理解して、抱きしめてやろう。

　「そこにいたんだね。待たせてごめん」

幸せな時間は長く続かないって知ってる

幸せについてひとつ語るなら

それはつねに「現在進行形」でなくてはならないということ。

オレはあのとき
なんであんなことを

昨日にとどまって明日に期待し、
今日を先延ばしにしないこと。

合格すれば
幸せになるよな？

就職さえすれば
幸せになると思う

現在幸せであること。

現在幸せでなくてはならない

私はいつも、何かをやり遂げたときより、どうしたらできるかと頭を悩ませている時間のほうが苦しくても幸せに感じた。そのあいだだけはいかなる倦怠も絶望も感じないから。悩みを手にしていると、生きているという実感が持てた。そうやっていつも、不確かな未来の出来事を勝手に予測して、無意識のうちにストレスを受けながら暮らしていた。何かを成し遂げたときに得られる幸福感は長続きしないと知っているので、その後に続く虚無感から逃げるために、心配と悩みに一層しがみついた。

私たちが「幸福」だと考えるものは、たいてい刹那的な感情だ。しかし、幸せな瞬間が過ぎ去った後は平凡な日常が再び続き、すでに幸せの閾値が高くなっているせいで、次の幸せを見つけるのがだんだん難しくなる。だから、幸せか不幸せかの2択しかないと、人生の中で出会えるポジティブな感情の幅をぐっと狭めてしまうことになる。

　ひとつの問題が解決しても、生きていく中でまた別のストレス状況にさらされ続ける。何かを成し遂げたとしても、完全で永遠の幸せは保証されない。でも、叶えたい夢を胸に抱いたその瞬間の中に幸福感を見出すなら、現在という贈り物を手に入れるだろう。最も警戒すべきは、やりたいことも、欲しいものもない心だ。

　今を楽しみ、大切にするということは、すなわち自分自身を大切にするということでもある。だから、終わった後のことを恐れずに、今この瞬間を期待でいっぱいにしていこう。

財布が厚くなるほど
心が貧相になるとき

お金をもらって働いた分だけ幸福度が下がる。

一生懸命働いて、ふと

「なんでこんなに幸せじゃないんだ？」と我に返ってみると、

last week

yesterday

today

使う行為よりも稼ぐ行為をたくさんしている。

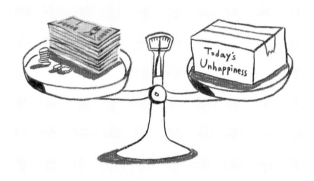

今日稼いだお金は「1日分の不幸」の値段。

私はそのお金でまた幸せを買う。

チキンという幸せを…

幸せをしっかり記憶すること

　幸せになろうと目標に向かって突き進むあいだ、私たちの毎日は概して幸せでない。そうやって日常の波にさらわれ、心がボロボロになったときには、「小さいけれど確かな幸せ」を感じるにはもう手遅れかもしれない。だから、日常の合間に出会った幸せをその都度胸にしっかり刻みつけておくこと。大きくて確かな幸せを追い求めなくても、なかなか悪くない1日と出会う方法は決して難しくない。

魂の充電をすること

　電気カーペットの上でゴロゴロしながらミカンを片手にドラマを見る、土日のうちどちらか1日くらいはじっと横になって天井の模様を観察する、好きなブランチの店に行って音楽を聞きながらアイスクリームワッフルを食べるなど……。魂を充電する自分ならではの小さな儀式を作って実践してみよう。

ただひたすらゴロゴロしていたい
自分自身が情けないとき

いつもダラダラしてるけど

パワー全開

堂々！

週末は罪悪感少なめでダラダラできるから好き。

元気いっぱいダラダラすること

　個人の持つエネルギーの総量は状況によって随時変化する。すでに自分に出せる力の最大値まで使ってしまったなら、当然電池切れになることもある。だから、もし自分がぶらぶらしているだけの役立たずのように感じる日があったとしても、自分を責め過ぎないようにしよう。休むときは罪悪感を持たずにしっかり休んでこそ、充電したエネルギーで明日も生きていくことができるのだから。

時間のムダ遣いを気にしないこと

　面倒くさいことは本当に嫌いなのだが、問題は、人生はだいたい面倒くさいことばかりということ。ただゴロゴロしていることはできないのか。「ゴロゴロしたまま充実した毎日を送りたい！」と心の中で叫んでみるが、平日はたいてい罪悪感を持ちながらダラダラするため、身体はじっとしていても心はつねに忙しい。今度の土日は1日くらい、時間のムダ遣いをする贅沢な人間になってみてはどうだろう。

何もしないでいて心が不安なとき

何もしなければ

何事も起こらない。

だから、なんでもいいからしよう。

なんでもいいからとにかくやること

　労働の価値が高く評価される社会に生きているからといって、その枠の中に自分を押しこめる必要はない。働きたくないという気持ち自体は極めて正常だから。だけど、何もしないでいる状態に長くとどまり過ぎてはいけない。下手をすると、自分はいつだって別の状態に移れるという事実を忘れてしまうから。毎日同じパターンが染みついた自分を目覚めさせるには、とにかくなんでもいいからしてみるのが◎。最悪、１日中寝るにしても、姿勢をいろいろ変えながら寝る。そうやって、なんでもいいから、とにかくやってみよう。

可能性を閉じないこと

　あるひとつの状態に固まってしまうと、それがなんであれ、個人の成長を妨げる可能性が高い。だから、なんでもいいからひとまずやるということが重要。実用的な行為をしてこそ一人前ということではなく、どんな姿にでも変われる可能性を自ら閉じてしまわないために。

[著者]

ダンシングスネイル Dancing Snail

イラストレーター、イラストエッセイ作家。海外ドラマを通した人生勉強の有段者。「ウチ族」としてこの世に生まれ落ち、憂鬱の中に潜むウィットを見つけ出して絵にするのが好き。
長いあいだ、無気力症、うつ、不安症を患い、「私だけがおかしいのか」と自問する日々の中、自分自身をなぐさめ、心の中の思いを吐きだそうという極めて個人的な理由から、絵を描き文章を書き始めた。大人でも子どもでもない、世の中のすべての「コドモオトナ」たちへ、「あなただけじゃないから大丈夫」というはげましのメッセージになればと思っている。
『死にたいけどトッポッキは食べたい』(ペク・セヒ著、山口ミル訳、光文社)、『そのまま溢れ出てしまってもいいですよ』(未邦訳)、『一人でいたいけど寂しいのは嫌』(未邦訳)など多数の本のイラストを描いた。

[訳者]

生田美保 Ikuta Miho

1977年、栃木県生まれ。東京女子大学現代文化学部、韓国放送通信大学国語国文学科卒。2003年より韓国在住。訳書に、ク作家『それでも、素敵な一日』(ワニブックス)、キム・ヘジン『中央駅』(彩流社)、イ・ミョンエ『いろのかけらのしま』(ポプラ社)、ファン・インスク『野良猫姫』(クオン)などがある。

[装丁＋本文デザイン] 中野由貴　[校正] 円水社

怠けてるのではなく、充電中です。
昨日も今日も無気力なあなたのための心の充電法

2020 年 6 月 11 日 初 　 版
2024 年 4 月 24 日 初版第 16 刷

著者 　 　 ダンシングスネイル
訳者 　 　 生田美保
発行者 　 菅沼博道
発行所 　 株式会社 CCC メディアハウス
　 　 　 　 〒 141-8205 東京都品川区上大崎 3 丁目 1 番 1 号
　 　 　 　 電話 049-293-9553 （販売）
　 　 　 　 　 　 　 03-5436-5735 （編集）
　 　 　 　 http://books.cccmh.co.jp

印刷・製本 　 株式会社 K P S プロダクツ